Alfombras de Aserrín

POR

Amelia Lau Carling

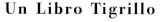

Un Libro Tigrillo

Groundwood Books / House of Anansi Press   Toronto   Berkeley

Para mi familia

Texto e ilustraciones © 2005 Amelia Lau Carling
Primera edición en rústica 2005

Ninguna parte de esta publicación podrá ser reproducida, archivada en un sistema de recuperación o transmitida en cualquier
formato o por medio alguno, sin el previo consentimiento por escrito de los editores, o sin una licencia de
The Canadian Copyright Licensing Agency (Access Copyright). Para obtener una licencia de Access Copyright,
visite www.accesscopyright.ca o llame (libre de cargos) al 1-800-893-5777.

Groundwood Books / House of Anansi Press
110 Spadina Avenue, Suite 801, Toronto, Ontario M5V 2K4
Distribuido en los Estados Unidos por Publishers Group West
1700 Fourth Street, Berkeley, CA 94710

Library and Archives Canada Cataloguing in Publication
Carling, Amelia Lau
Alfombras de aserrín/ Amelia Lau Carling.
ISBN-13: 978-0-88899-624-4 (bound).–ISBN-13: 978-0-88899-730-2 (pbk.)
ISBN-10: 0-88899-624-1 (bound). –ISBN-10: 0-88899-730-2 (pbk.)
I. Title.
PZ7.C36A1 2004   j813'.54   C2004-905055-9

Las ilustraciones fueron realizadas en acuarela, pastel y crayón.
Impreso y encuadernado en China

Prólogo

La semana antes del Domingo de Pascua es la Semana Santa. Por las calles de La Antigua Guatemala, una ciudad colonial construida por los españoles a finales de los 1500, los feligreses sacan en procesión antiguas estatuas representando el relato de la muerte y resurrección de Cristo. Esta tradición perdura desde que fue introducida hace tiempo por los conquistadores españoles, aunque ha sido transformada por la cultura oriunda guatemalteca.

Como ofrendas de su fe, los vecinos crean alfombras de aserrín teñido, de flores y de frutas, sobre el camino de muchas procesiones. Año tras año las hacen con nuevos diseños. Año tras año las procesiones marchan sobre ellas, destruyendo sus dibujos al pasar.

De niña en Guatemala, mi hogar era el de una familia china que se aferraba a sus costumbres. Pero la Semana Santa era una temporada como ninguna otra, hasta para una familia china tan tradicional como la nuestra. Con los vecinos nos juntábamos en las aceras para admirar las alfombras antes de que los cortejos caminaran sobre ellas. Viendo las procesiones, yo sentía que la historia que narraban ocurría ahí mismo. Y la belleza de los breves tapices creados con tanto primor se ha quedado grabada en mi corazón.

El color de la Semana Santa es el violeta, y por eso en esa temporada mami vendía muchísimas yardas de tela morada. En uno de esos días llegó una carta escrita con letras plateadas.

—¡Una invitación! —dijo mami. A mami le costaba leer en español, así que mi hermana se la leyó.

—Dice que el tío Colocho y la tía Malía nos invitan al bautizo del bebé el Domingo de Pascua.

Un papelito escrito en chino cayó del sobre. Mami lo leyó porque nosotros, aunque sí entendíamos cuando nos hablaban, no alcanzábamos a leer en chino.

—Dice que nos invitan a su casa a pasar la Semana Santa antes del bautizo… ¡Vamos, pues! —exclamó mami con alegría. Dimos brincos de regocijo.

El Jueves Santo nos metimos en la carcacha para irnos a la vieja ciudad de La Antigua. Papá llenó el baúl con nuestras cosas, agregando una caja de aguas gaseosas y una canasta de naranjas. Por el camino cantábamos como mariachis en la radio. *¡Ay-ay-yayayy!*

Supimos que habíamos llegado a La Antigua cuando el vehículo rodó tambaleándose sobre las calles empedradas. *Bum-bum-bulúm.*

El Colocho, la tía Malía y los primos ya nos esperaban en la puerta de su tienda. Como éramos tantos, para la cena armaron una mesa con tablas en el medio del almacén. Las palabras cantonesas volaban por el aire. Los chicos contábamos chistes y soltábamos carcajadas. De súbito algo en el rincón me llamó la atención.

Ahí estaba la Virgen de Guadalupe al lado de la Kuan Yin, nuestra diosa china. A mí me parecía que eran amigas. El incienso hacía viruletas alrededor de ellas, acercándolas.

Mamá le dijo a tía Malía en chino:

—¿Te acuerdas cuando éramos niñas, en la China? Íbamos al puente a ver las carreras de botes río abajo.

La tía Malía sonrió y contestó:

—Era el Festival de los Barcos de Dragones. Ese día echábamos tamales al agua, para la buena suerte.

Se rieron y se quedaron pensativas, quizás recordando esos días.

Entonces tía Malía dijo:

—Niños, mañana de madrugada sale la procesión de La Merced, esa iglesia que está al fondo de la calle. Los vecinos están haciendo alfombras de aserrín por el recorrido de la cuadra. Vayan a ver.

¡Alfombras de aserrín! En la banqueta vi redes llenas de pino, de flores moradas y amarillas, de girasoles. Había sacos de aserrín teñido de colores chillantes: magenta, turquesa, anaranjado y verde. Había capullos de corozo que llenaban el aire con olor dulce de mar y palmera.

Don Ortiz, que vivía enfrente, prepara-
ba en ese momento una alfombra. Primero
puso una capa de aserrín natural y la regó
con agua. Enseguida sus ayudantes dibu-
jaron sobre ella las figuras con aserrín
coloreado. Se encaramaban sobre tablas
para alcanzar los lugares que debían
adornar sin estropear lo que ya habían
hecho. Con un colador y unos esténciles
de cartón, pasaban finas lloviznas de colores. Cuidadosamente medían los diseños,
siguiendo las instrucciones de don Ortiz.
Luego otro ayudante pasaba por toda la
alfombra una regadera muy fina de agua,
pish, pish, para que el aserrín quedara bien
plano.

Ay, qué linda era. ¡Parecía una alfombra
de verdad!

—¿Quieres ayudar, patoja? —preguntó don Ortiz al verme ensimismada.

Salté y dije:

—¡Sí señor, don Ortiz!

—Tráeme aquel aserrín rojo para las rosas y la harina para los lirios blancos. Y busca el colador más pequeño, porque estas flores son muy delicadas.

Sobre el aserrín coloreado los artesanos ponían girasoles, corozo y pino. Una por una iban apareciendo las alfombras a lo largo de la calle.

Ya entraba la noche y tía Malía dijo:

—Se tienen que acostar, la procesión pasa mañana de madrugada.

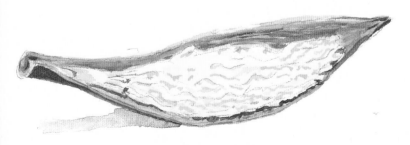

El Viernes Santo amaneció nublado. Afuera de la iglesia de La Merced esperaba mucha gente. Don Ortiz, vestido de cucurucho, dijo al vernos:

—Patojos, ¿quieren el aserrín que nos sobró?

—¡Sí, señor! —respondí entusiasmada—. Muchá, hagamos una alfombrita. Hagamos una casita. ¡De prisa, que ya viene la procesión!

Hicimos una casita con techo rojo y paredes amarillas. Usamos aserrín morado para el cielo y pino para la grama. Le pusimos ramas de bugambilia. De los pétalos de las flores del patio nos salió un corazón. Con puñados de arroz hicimos estrellas en el cielo y cometas con los girasoles. A toda prisa hice un borde de naranjas y le di una última salpicada de agua a toda nuestra alfombra. ¡Qué linda!

Alguien dijo:

—¡Ya sale la procesión!

Al estruendo de un gran tambor, *pon… pon… pon…*, los cucuruchos levantaron en hombros el anda de madera. Sobre ella, la estatua de Jesús iba cargando la Cruz. Estaba rodeado de orquídeas y musgos de los bosques. Sus ojos brillaban y me hacían latir fuerte el corazón, *pon… pon*. Su corona de espinas y la sangre en su rostro me estremecían. Toda la gente afuera de la iglesia se arrodilló.

El Cristo se mecía al compás de la triste música que la banda tocaba detrás de la procesión. Parecía una persona de verdad.

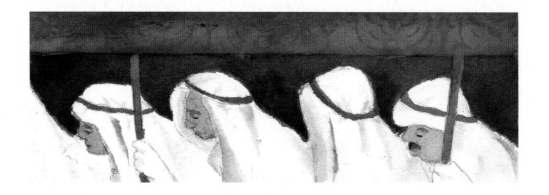

Entre las nubes blancas de incienso, los cucuruchos morados se encorvaban bajo el peso de su carga. La Virgen María venía sobre los hombros de mujeres feligreses. Una espada que le atravesaba el corazón nos hacía ver su gran dolor. Lloraba lágrimas de cristal, pues su Hijo iba a morir muy pronto. La banda tocaba una marcha para consolarla a ella, y a nosotros también.

La procesión llegó a nuestra calle.

De pronto me di cuenta de que de veras iban a caminar sobre nuestra hermosa alfombra. A cada paso se me apretaba el corazón.

Me planté frente a nuestra alfombra. No quería que la destruyeran. "No pasen. No pasen", pensaba.

Don Ortiz me tomó de la mano y me jaló.

—¡Niñita! Así es la costumbre. Las alfombras se hacen como ofrendas de la vida. No te has fijado: las flores nacen y luego mueren, pero nos dan semillas para que nazcan otras. A la vida le sigue la muerte y a la muerte le sigue la vida.

No hubo remedio. *Pon... pon... pon...*, paso a paso, los pies de los cucuruchos rasgaron la grama, las paredes y el techo de nuestra casita. Borraron las estrellas y los cometas. Los colores quedaron revueltos. Pisotearon las flores y patearon las naranjas al azar.

Nuestra alfombra era un melancólico río que corría en medio de la calle oliendo a mar y palmera.

Nos fuimos detrás de la banda. En la tarde, bajo el sol ardiente, la procesión del Santo Entierro pasó lentamente por las calles empedradas. Cristo ya había muerto. Había personajes vestidos de romanos y los cucuruchos, vestidos de luto, cargaban al Cristo en un espléndido ataúd de oro y cristal. Recorrimos las calles buscando más procesiones. Fuimos encontrando las ruinas de bellas alfombras.

Esa noche regresamos a casa cansados y tristes.

Al día siguiente, era sábado. Mami y tía Malía cocinaban tamales chinos para la fiesta del bautismo.

—Las procesiones son muy conmovedoras –decían en chino.

Mami agregó:

—Pero son lindas como los festivales de nuestra tierra. Van y vienen cada año, y cada vez son distintas.

En el Domingo de Pascua la iglesia estaba vestida de colores alegres. Era el día de la Resurrección, cuando Jesús volvió a la vida.

Ese día bautizaron a mi primito. Le pusieron de nombre Ángel. Ángel Sen Quan. Al echarle agua —*pish*— en la cabeza, su lloriqueo hizo eco bajo la cúpula.

Por la tarde, durante la fiesta, don Ortiz hablaba de la alfombra que iba a hacer el próximo año, con palomas y con panes en forma de cocodrilos. Yo también pensaba en cómo hacer otra, una con mariposas y pajaritos. Don Ortiz tenía razón, la alfombra se hace para que pase la procesión sobre ella. Y al verla destruida, pensamos en hacer otra.

En el rincón, la Virgen de Guadalupe y la Kuan Yin resplandecían a la luz de la veladora.

Tuvimos una gran piñata en el patio. A mí me tocó darle el último zopetón. Quebré la vasija de barro que iba dentro y *ipum!*, me cayó en la cabeza. Los dulces dieron brincos por todos lados. ¡A mi primito Ángel le hizo mucha gracia!

Y así se acabó la Semana Santa.

Glosario

bugambilia: Viña tropical con flores de colores vívidos. Crece fácilmente sobre las paredes y los techos.

corozo: Flor de palmera, aromática y de color crema, que crece dentro de un gran capullo. Se usa para decorar durante la Semana Santa.

cucurucho: En Guatemala, hombre o niño que se viste con prendas tradicionales moradas y participa en las procesiones durante la Semana Santa.

cucurucho

Festival de los Barcos de Dragones: Festival de la China que conmemora a un oficial que se atrevió a contradecir a un cruel emperador. La gente se reúne a ver carreras de botes y lanzan tamales al agua como ofrendas al espíritu del oficial.

Jueves Santo: El jueves antes del Domingo de Pascua. Este es un día de meditación en preparación del Viernes Santo.

Kuan Yin: De la China, diosa budista de la Misericordia.

mariachis: Intérpretes de música folklórica mejicana.

Kuan Yin

muchá: En Guatemala, forma muy informal de decir "ustedes".

patoja: En Guatemala, palabra que significa "niña"; patojo: "niño".

tamal: En Guatemala, plato de masa de maíz envuelto en hojas de banano. En la China, plato de arroz envuelto en hojas de bambú o de loto.

Viernes Santo: Día muy religioso durante el cual las procesiones más solemnes y dramáticas tienen lugar en La Antigua Guatemala. Las tres de la tarde simboliza el momento de la muerte de Cristo. A esa hora, los cucuruchos, vestidos de luto en vez de morado, cargan la estatua del Cristo en su ataúd, el Santo Sepulcro. Hay procesiones desde la madrugada hasta la medianoche.

Virgen de Guadalupe: Virgen que apareció milagrosamente en Méjico. Se le venera por toda Latinoamérica.

bugambilia

corozo

Virgen de Guadalupe

tamales